레 미제라블

—— Les Misérables ——

일러두기

이 책은 원서의 제책 방식을 따랐습니다.

오른쪽에서 왼쪽으로 읽어주세요.

문학툰

레 미제라블

빅토르 위고 지음 | 정미선 옮김

한빛비즈

차 례

Chapter 1
팡틴 - Part 1　　　······ 012

Chapter 2
팡틴 - Part 2　　　······ 043

Chapter 3
팡틴 - Part 3　　　······ 073

Chapter 4
팡틴 - Part 4　　　······ 103

Chapter 5
코제트　　　······125

Chapter 6
마리우스 - Part 1　　　······ 178

Chapter 7
마리우스 - Part 2　　　······ 203

Chapter 8
생 드니 거리 - Part 1　······ 227

Chapter 9
생 드니 거리 - Part 2　······ 249

Chapter 10
장 발장　　　······ 279

캐릭터 디자인 스케치　······ 330

나폴레옹 보나파르트가
패배한 뒤로 왕정이
다시 한 번 득세했다.

정치적 혼란은 사회의 붕괴를
가져오고 사람들 대부분을
궁핍과 절망으로 몰아넣었다.

정직한 방법으로 생계를 이어갈 수 없는 사람들은
범죄의 유혹에 빠졌고 터무니없는 죗값을 치렀다.

제 이름은 팡틴이에요.
부디 딸아이를 맡아주시겠어요?
다달이 6프랑씩 드릴게요.

돈이 조금 모이기만 하면
금방 아이를 찾으러 올게요.

아이들이 잘 어울려 노네.
테나르디에 부인도 좋은 분 같아.
아마도 내가 일을 구하는 동안
코제트를 잘 보살펴줄 거야…

한 달에 7프랑…

거기다 일단 처음에
부수적으로 드는 돈이
15프랑…

하하~
하하!

아…
그리고 여섯 달 치를
미리 치러야 해.

8

Les Misérables
Chapter 1: 팡틴 - Part 1

저기! 저 사람은 누구죠? 어쩐지 화가난 것 같은데…

어머

끼익~

터덕!

터덕!

헉

크르르~

똑!

똑!

아까 얘기한 그 범죄자가 틀림없어요!

저런~무뢰한 같으니!

댕! 댕!

탁-

사람들이 말하길
석방된 죄수가
어슬렁거린대요…

미리엘 주교님,
오늘 밤엔 문을 잠가야 해요.

똑! 똑!

이크!

들어오시오.

쾅!!!

쾅!!!

쾅!!!

끼익~   끼익~

저는 장 발장이라는 사람입니다.
저는 죄수였습니다. 빵 한 덩어리를
훔친 죄로 형무소에서
19년 징역살이를 했습니다.

터덕!

터덕!

비록 전과자이지만
맹세코 아무런 해도 끼치지
않겠습니다.

나흘 전에 석방되었는데
너무 배가 고프고 지쳤습니다.
오늘 밤 여기 머물러도
되겠습니까? 돈은 있습니다.

당신은 환영하오만 당신 돈은 아닙니다.

와서 함께 듭시다. 별건 없지만 속이 든든할 게요.

감옥에서 일한 대가로 돈을 벌었습니다. 여기 보세요.

무척 고생하셨겠군요. 그렇지 않은가요?

다른 사람들은 모두 저를 쫓아냈는데, 정말 저를 받아주시는 겁니까?

그렇지만… 주교님, 평소에는 포도주 드시지 않잖아요!!

귀한 손님을 위해 은식기를 가져오세요. 그리고 가장 좋은 포도주도요.

손님에게는
최고의 환대를
베풀어야 합니다.

우적~

우적~

꿀꺽~ 꿀꺽~

음식을 먹었으니,
이제 쉬어야지요.
방은 이쪽입니다.

이제
당신 이야기를
들려주시겠소...

시작은
이랬습니다...

하지만… 신부님 침실이 바로 옆방이라니! 신부님 곁에 저를 재워주시는 겁니까?

제가 살인자가 아니라고 누가 그러던가요?

여기서 주무시면 됩니다.

그건 주님께서나 아실 일입니다. 나는 그분을 믿습니다.

나는 인간이 아니라
그저 죄수 24601호였다!
매일 뼈 빠지게
혹사당했다.
탈옥을 시도했으나
붙잡혔고, 형량은 심지어
더 늘어났다.

쿨 쿨

짹! -짹!

짹! -짹!

오, 안 돼! 주교님!

은식기를 도둑맞았어요! 그 사내 짓이 틀림없어요!

미리엘 주교님…

당신은 이제 악이 아니라
선에 속하는 사람입니다.

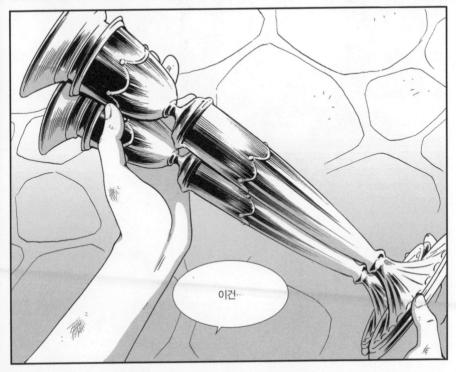

이건…

앗, 내 동전!

아저씨, 그거 제 돈인데요.

무슨 돈? 넌 누구냐?

제 이름은 제르베예요.

저리 개!

......

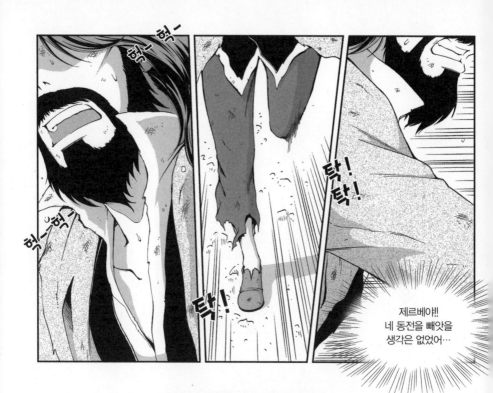

제르베야!
네 동전을 빼앗을
생각은 없었어…

주교님께 약속했잖아…
이제 정직하게
살고 싶어…

Chapter 2: 팡틴 - Part 2

5년 후…

해안 도시
몽트뢰유쉬르메르

딸깍

바람이… 너무 차갑군.
곧 겨울인데 장작을
살 돈이 한 푼도 없어…

왜… 문이 열려 있지?

이 늙은 몸으로 어찌 이 추위를 견뎌낼지…

새 학교를 지어주셔서 정말 감사해요!

예전 학교보다 훨씬 더 좋아요!

마들렌 시장님!

응!? 금화? 누가 이걸 여기에 두고 간 거야?

어른들한테는 일자리를 주고 아이들한테는 교육 기회를 주니 정말 좋은 분이셔.

시장님은 우리 노동자뿐 아니라 아이들까지도 신경 써주신다고.

안녕하세요, 시장님!

…빙긋

그러면 너희가 열심히 공부하고 착한 어린이가 되는 것으로 보답하려무나.

수많은 선행을 하지만
참 붙임성 없고 과묵한 양반이야!
정말로 어디 출신인지
아무도 모른대…

내가 이곳에 도착했을 때
마침 큰 화재가 났다.

나는 불 속에 뛰어들어
생명의 위험을 무릅쓰고
어린아이 둘을 살려냈다.
그래서 경찰은
내 통행증을 조사할
생각을 하지 않았다.

나는 주교님의 은식기를
판 돈으로 공장을 세웠고,
한때는 가난했던
이 도시에 번영을 가져왔다.

앞으로도 그분과 한 약속을
지키기 위해
최선을 다할 것이다…

사람 살려!

그런 게 가능하려면 무시무시한 사람이어야 한다는 말입니다…

저런 무게를 들어 올리려면요.

저는 그런 힘을 가진 사람은 단 한 사람밖에 모릅니다.

뚜벅!

뚜벅!

뿌직!!

툴롱 형무소의 좌수. 그의 이름은…

장 발장이죠!

다시 붙잡히면
감옥에서 썩을 겁니다.
평생!

석방된 뒤에도
말썽을 일으켰지요.
아마 절도를 했다지요?

……

아아아아아악!
나 죽겠네! 아이고!

더 이상 기다릴 수 없소!
내가 해보겠소!

시장님이 운영하는 공장은
일자리가 필요한 사람은
누구나 고용하지…

단, 조건이 있어.
성실하고 정직한 사람이어야 해.

...가 시장님의
...을 받을 자격이
... 건 아니라고!

툭하면 편지를 써서
보낸대!

뭔가 수상해!

숨기고 있는
비밀이 있는 게지!

저기 팡틴을 봐.
금발과 하얀 이 때문에 자기 혼자
특별하다고 생각하고 있겠지?

...건 테나르디에라는 사람한테
... 편지야. 그건 몽페르메유의
... 여관 주인 이름인데…?

지익~

저 여자의 비밀을 캐내야겠어…

팡틴 씨에게
코제트는 잘 지내요.
하지만 하루가 다르게 크네요.
한 달에 7프랑으로는 부족합니다.
12프랑씩 보내세요.

테나르디에

시간이 지날수록…

테나르디에 부부의 요구는 늘어만 갔다…

이제는
한 달에 15프랑을
보내라니…

팡틴,
더 이상 공장에
나올 필요 없어요.

뭐… 뭐라고요?
하… 하지만… 왜요?

내가 먹지도
마시지도 않는다고 ㅎ
감당할 수 없어…

휘- 휘-

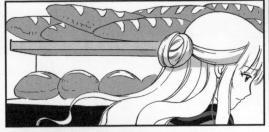

그렇게 많은 돈을
어떻게 구한담…?

곧 겨울입니다.
코제트가 입던 옷이
다 작아졌어요.
따뜻한 겨울 스커트를
살 수 있게
10프랑을 보내세요.

테나르디에

이제 우리 아가는
더 이상
춥지 않을 거야…

…내 머리털로 옷을
입혀주었으니까.

난…

저 여자 봐!
머리가 없어!

하하하!

하하하!

망측해라!

하하하!

하하하!

우리 딸 참 예쁘다.
귀족처럼 보이지 않아?

네, 엄마.

이제 가서
아젤마하고 놀아라.

그래도 10프랑은 받아내야지!
이번엔 팡틴에게
뭐라고 편지를 쓸까?

안 돼…
내 이는…

그래요, 아가씨!
당신 이가 참 아름답군!

앞니 2개를 내게 판다면
하나에 20프랑 드리겠소.

나한테도 20프랑에 팔
이가 있으면 좋겠네!

아무튼 이도 영원한 건
아니라우!

부인, 장티푸스에 대해
뭐 좀 아세요?

머리칼이야
다시 자라겠지만
이는 아니야…
하지만
코제트가 아픈데…

헉- 헉-

맙소사!
끔찍한 병이지!
어린아이들은
약을 제때 쓰지 않으면
죽고 말아.

Chapter 3: 팡틴 - Part 3

테나르디에 부부는 정말 착한 사람들이야!

부유하진 않지만 누구 도움도 없이 고아 코제트를 키웠으니 말야!

팡틴은 항상 어떻게든 돈을 마련할 거야! 사생아가 있다는 걸 소문낼 수 없거든.

99… 100프랑!

자, 내가 먹힌다고 말했지!

서두르지 말자, 여보…

그년은 늘 배고프다고 칭얼거려. 얼른 쫓아내야지!

돈이 들어와도 코제트는 골칫덩어리라고.

이 고약한 여자가
한 시민을 모욕했습니다.

마들렌 시장님,
그건 안 됩니다!

콩!

자네가 이 여자를 끌고 갈 때
나는 마침 광장을 지나고 있었네.
그래서 사람들에게 물어봤지.

잘못을 저지른 건 그 남자네,
이 여자가 아니라.

법에 따르면,
시장이 이런 사건을 재판할 수 있지.
내가 이 여자를 석방하라고 명하겠네.

저 여자는 방금
시장님 역시 모욕했습니다.

그만!

마들렌 시장님,
부디…

더 이상
아무 말 마시오.

미안하오. 맹세컨대 난 당신이 겪는
고통을 모르고 있었소.
하지만 내가 보상하리다.
당신의 아이를 데려오고
빚도 모두 갚아주겠소.

그럼 원하시는
대로…

꽉

그 여관 주인들이 아이를 보내지 않겠다면 내가 직접 가서 데려와야겠군! 아침에 마차를 준비해주게.

네, 시장님.

자베르가? 무슨 일이지?

마들렌 시장님? 자베르 경감이 뵙고 싶답니다.

말씀을 나누어도 되겠습니까?

은밀하게 말이죠.

좋아. 들어오게 하시오.

새 학교를 지어주셔서 감사합니다!

시장님을 위한 선물이 있지 않니?

내 공장은 이 도시 사람들에게 일자리와 번영을 가져다준다.

내가 감옥에 가면 이 사람들은 어찌 될까?

팡틴과 딸도 지켜줘야 할 텐데…

그리고 가엾은 팡틴…

딸을 데려와서 함께 정직하게 살아가도록 돕겠다고 약속했지.

테나르디에 부부가 코제트를 보내기를 거절했소.

거기 누구야?

코제트…?

내가 딸을 데려오도록 위임장에 사인을 해주겠소? 아침에 떠날 수 있게 마차는 준비해놓았소.

딸애를 생각하면 힘이 생겨요…

서두르세요. 환자가 빠르게 쇠약해지고 있어요.

잘 보살펴주십시오. 곧 돌아오겠습니다.

끔찍한 선택이
내 앞에 놓여 있다.

나는 선한 사람이
되기 위해 애쓴다.
하지만 이런 상황에서
선이란 무엇인가?

내가 없으면
이 도시 사람들은
고통을 겪을 것이다.

하지만 내가
진실을 털어놓지 않는다면
무고한 사람이
나 대신 죽음을 맞겠지!

Chapter 4:
팡틴 - Part 4

마들렌 시장님이 많이
편찮으신 것 같군요.
지금 당장 댁으로 모셔가도록
부탁드립니다.

혹시 이 자리에 의사가
와 계십니까?

우리 모두 마들렌
시장님이 누군지 잘 알고
있습니다…

우리 집을 조사해보면
제가 훔친 물건이 나올 겁니다.

아니요, 저는
미치지 않았습니다.
그저 참담한 의무를
수행하는 중입니다.

제르베에게 훔친
40수짜리 동전과
주교님의 은촛대 말입니다.

여러분은 하마터면
중대한 실수를 저지를 뻔했습니다.
이 사람을 풀어주십시오!

내 오랜 친구들.

브르베, 자네가 형무소에서 입던 모직 멜빵바지 기억하나?

코슈파유, 자네는 왼쪽 팔에 화약으로 지진 파란색 글자로 날짜를 새겨놓았지.

1815
3
1

그날은 황제가 칸에 상륙한 1815년 3월 1일이야. 소매를 걷어보게!

똑똑히 보셨다시피 제가 장 발장입니다.

저는 할 일이
많은 사람입니다.

체포하지 않으시니
지금은 이만 물러가겠습니다.

법정은 마들렌 시장의 증언을
받아들여 샹마티외가
장 발장이 아님을 인정했다.

제가 누구고 어디 사는지는
모두 잘 알겠죠.

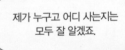

장 발장과 관련한
죄목이 사라졌기 때문에
사과 절도 건은
관대하게 처리되었다.

언제고 원하실 때
저를 잡아들일 수 있을 겁니다.

흠, 그렇네요…

보이세요…?

아이를 데려다줄 계획은 그대로이죠?

물론입니다.
하지만 적어도
이삼일은 걸릴 겁니다.

팡틴을 봐도 될까요?

안 됩니다, 수녀님.
만나봐야 합니다.
저에겐 시간이
얼마 없어요.

그렇다면 아이를 데려올 때까지
만나지 않는 편이 팡틴이 견디는 데
도움이 될 것 같아요.

바들바들

바들바들

살려주세요!
저를 잡으러 왔어요.

당신에게 은밀히 한마디만 하고 싶소

아니! 크게 말해라! 모든 사람 앞에서!

·하지만 부탁이 하나 있는데…

그런다고 뭐가 달라지나? 듣지 않겠다!

하하!

내가 바보인 줄 아시나? 달아날 시간을 벌려는 거냐!

사흘만 말미를 주시오!

이 가련한 여자의 아이를 데려오게 딱 사흘만. 원한다면 같이 가도 좋소.

이제 그만 끝내자!
지금 당장 나와 가지 않으면
보초병을 부르겠다.

당신이
이 여자를 죽인 거요.

자, 이제 당신
마음대로 하시오.

장 발장은 신속하게
재판에 회부되어…

Chapter 5:
코제트

무기징역을 받았다.

툴롱 형무소에 다시 수감된
장 발장은 족쇄를 차고
해군 함정을 수리하는
일에 동원되었다.

도와주세요!
도와주세요!

풍덩!

여전히 아무 흔적도
찾지 못했습니다.

다리에 매단
쇠사슬 때문에
가라앉은 것 같습니다.

마들렌 시장이었던 사람?
그런 재주를 부리다니
똑똑한 놈이었지.

몽페르메유

그 늙은 죄수가
죽었다는구먼!

흠,
똑똑한 놈은 무슨!

왜 죄수 주제에
다른 사람 살리자고
목숨을 걸어?

신문에서 보니까
선원 목숨을 구하려다가
빠져 죽었다는데.

공장으로 큰돈 벌었다는데
경찰이 결국 비자금을
못 찾았다나 봐.

매춘부와
사귀었다던가?

아무튼, 시장이 떠나고 나자
바로 공장이 문을 닫아서
지금 태반이 실업자래.

아마 영원히
못 찾겠지…

가서 길어 와!

이 게으른 년아!
물이 떨어졌잖아!

네, 아주머니…

죄송해요!

지금 가요!

요 망할 년!

왜?

아저씨…
이제 거의 다 왔어요.

물동이 다시 주시겠어요?

거지 같은 년!
너 또 늑장 부린 거지!

어디서 자빠져
놀다 오는 거야!

남이 들어다준 걸
아주머니가 보면
저를 때릴 거예요.

아주머니, 여기 신사분이 방을 빌리고 싶대요.

그래? 이분이?

부자는 저렇게 예의 바르지 않아. 쫓아버려!

어디라도 재워주시오. 다락방이든 헛간이든.

이이고, 실수가 있었네요.

방에서 묵은 셈 치고 비용을 내겠소.

죄송합니다만 남은 방이 없어요.

뭐지? 여기 방값은 20수밖에 안 되는데…

그러면 40수예요.

그런데 빵은 어딨어?

아, 맞아!

지금 경우엔 40수라오. 가난한 사람한테는 그 아래로 못 받아요.

아주머니, 빵집이 문을 닫아서요. 제가 두드렸는데도…

저 인형은 못해도
30프랑은 나간다고.

받아라,
이건 네 거다.

이 남자는 보이는 것보다
더 부자인 게 틀림없어.
더 융숭하게 대접해야 해.

받아. 네 거란다.

귀여운 코제트
신사분이 너에게
인형을 주시잖아

그래도 돼요,
아주머니?

물론이지! 네 거야.

저 양반이
네게 사주신 거니까.

제 거라고요?

정말요, 아저씨?

벌써 가시게요?
더 머무셔도 되는데.

여기 손님 중에
부자는 별로 없어요.
그래서 비용이 수월찮이 들어가요.
저 작은 것만 해도요.

잘 주무셨소, 아주머니.
비용을 계산해주시오.

왜, 코제트 말이에요.
사람들이 종달새라고 부르지요.

그 애 키우는 데
돈이 무척 많이
들어요. 음식에, 옷에,
약값까지!

작은 것 뭐요?

지금
당장이라도!

어머나,
데려가시게요?

만일 누가
그 애를 데려간다면
어떻습니까?

선생님, 죄송하지만 제 아내가 너무 성급하네요.

솔직히 저는 그 애를 무척 아낍니다. 물론 돈이야 들지요. 약값으로 400프랑이나 쓴 적도 있어요!

하지만 무슨 상관인가요? 코제트는 저한테 기쁨인 것을요.

자기 자식을 남한테 그냥 넘겨주는 사람은 없잖아요.

일단 선생님이 어디로 가는지 알아야겠습니다.

그렇다면요, 선생님.

내가 그 애를 데려간다면 그걸로 끝이오.

1천500프랑이 필요합니다.

다시는 당신을 못 보게 할 작정이오.

가져온 옷이 꼭 맞아
다행이구나. 이리 오렴.
우린 지금 떠날 거야.

네, 아저씨.

그럼, 모든 사소한 비용을 지불해주셔야겠습니다. 꽤 큰 돈입니다.

1823년 3월 25일
테나르디에 씨에게

이 사람에게 코제트를 내어주세요.
모든 사소한 비용을 치르겠어요.
존경을 담아 인사 올립니다.

팡틴

이 빌어먹을 놈아!

나는 1천500프랑을 드렸소.
게다가 팡틴이 보낸
돈도 있잖소.

이 편지를 영수증으로
보관해도 좋소.

알겠어요.
시키는 대로 하겠습니다.

2가지 부탁이 있소,
포슐르방 영감.

첫째, 나에 대해 아는 것을
누구에게도 발설하지 마시오.
둘째, 더 이상 아무것도 알려고
하지 마시오.

그게
쉬운 일이 아닙니다.
결코 쉽지 않아요…

수녀원에 기숙학교가 있습니다.
아이가 이곳에 살면서
공부할 수도 있지요.

코제트가
나갈 방법이 있다면,
나는 어찌 되건 좋소.

하지만 여기 들어오기 위해서는
그전에 먼저 두 사람이 몰래 밖으로
나가야 합니다. 그러지 않으면
수녀님들이 의심할 겁니다.

뎅!

뎅!

뎅!

잠깐만!
지한테 좋은 생각이
있어요…

아, 저건 조종 소리입니다!
수녀님 한 분이
돌아가셨거든요.

172

용의자는
한참 전에 도망친
것 같습니다.

근방을
다 뒤졌습니다.

그렇다면 다른 곳을
수색해야겠다.

그간
여기서 지내게 해주신 데 대한
감사의 뜻으로 5천 프랑을
기부하겠습니다.

5년 후,
포슐르방 영감이
죽었다.

장 발장과 코제트는
수녀원을 떠나
파리의 다른 구역에서
함께 새로운 삶을
시작했다.

코제트.

여기가
새로운 우리 집이란다.

이사할 때마다 그 가방을 꼭 끼고 다니시네요.

그렇게 애지중지하시니 질투가 나요!

장 발장은 이름을 바꾸고 변장을 하더라도 발각되리라는 불안을 떨칠 수 없었다.

그리하여 파리 시내에 아파트 두 채를 더 얻어서 누군가 그의 움직임을 추적하기 더 어렵게 했다.

자신과 코제트를 위해 안전한 은신처를 확보하려는 마음도 있었다.

지금까지도 그는 여전히 자베르에게 쫓기는 기분이 들고, 늘 치명적인 사냥의 먹잇감인 것처럼 느껴졌다.

1831년

Chapter 6: 마리우스 - Part 1

마리우스는 매일 뤽상부르 공원에
산책을 나갔다. 아주 특별한 소녀를
보리란 기대를 안고서…

저기 온다!

점점 가까워지네,
어떻게 하지?

소녀는 늘 나이 든
남자와 함께였는데,
마리우스는 그가
아버지라고 생각했다.

부녀는 1년도 더 전에
근방으로 이사 왔는데
자선사업을 한다는
소문이 자자했다.

하아━━━━

시간이 늦었구
돌아가자.

네,
아버지.

함께라면
얼마나
좋을까…

이건 그 소녀
것인가…?

UF

이름이 위르쉴?
참 예쁜 이름이다!

UF

혹시
나 보라고 증표를
남겼을까?

아버지와 공원을 산책하는
일은 늘 즐겁지만…
특히 매일 나타나는 젊은 남자를
보는 게 기다려져.

아직
저기 있네!

하아━━━━━━━

하아━━━━━━━━

저 젊은이는 한량 같구나.
늘 어슬렁거리고만 있으니.

그런가요?
전 전혀 신경을
안 써서요…

얼굴이 저렇게
발개지는 것도 모르고…

설마… 저 청년과
사랑에라도 빠진 건가?!?

마리우스는 변호사로
생계를 꾸렸다.
오랜 시간 일하면서도
돈은 얼마 못 버는
형편이었다. 그럼에도
른 사람들보다는 잘살았다.

그가 어디를 가든지
가난한 사람들이 여전히
고통에 시달리고 있는
증거가 보였다.
어린아이들이 길거리에서
울다가 매일 밤
굶주린 채 잠이 들었다.

마리우스는 불평등에 대한
분노로 가득 찼다.
대체 무엇을 할 수 있을까?

혁명은 끝났고
무엇도 바뀌지 않았다.
그래도 마리우스는
더 나은 사회에 대한
희망을 포기하고 싶지는
않았다.

마리우스!

선지자 에스겔의 강력한 천사를
희곡작가 보마르셰의
멋쟁이 천사들과 혼동하지 마.

우리는
모든 사람의 권리를 위해
싸워야 한다는 거야.

내가
앙졸라가 한 말을
해석해주지.

랑 타령에 시간을
낭비할 게 아니라.

앙졸라 말을 다
귀담아들을 필요 없어!

고마워,
콩브페르.

마리우스는 앙졸라,
콩브페르를 비롯해
'ABC의 벗들'이라는
단체 사람들과
가까워졌다.
BC란 아베쎄(고통받는
민중)를 뜻했다.
이 비밀 결사체는
새로운 혁명을
촉발할 기회를
호시탐탐 노렸다.

* 뭐 쟁 *

절대 안 된다!

아버지, 제발
그 편지 좀
보여주세요.

3년 전…

수없이 경고했지.
'퐁메르시'란 이름은
내 앞에서 꺼내지도 마!

일찍 왔구나?

오늘 학교는 어땠니?

이모님.

할아버지.

이리 와서 할아비와
차 한잔 하자.

좋았어요.

이제 제 방으로
가도 될까요?

...

젊은이가 퐁메르시 씨
아들인가요?

함께 임종을 지키지 못해
참 안타깝습니다.

젊은이가 어렸을 때부터
부친은 몇 주에 한 번씩
(자)리에 와서 아들이 잘 지내는지
눈을 떼지 못하고
몰래 지켜보더군요.

그렇다면, 왜 제게 한 번도
말을 걸지 않았죠?

당신의 부친과 조부는
오래전에 정치 문제로
사이가 틀어졌습니다.

조부는 손자에게 모자람 없는
교육을 시키고 모든 재산을
상속하겠노라고 약속했습니다.
단, 친부가 완전히 양육권을
포기한다는 조건을 달았지요.

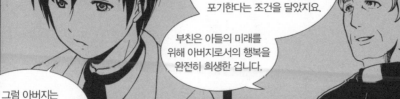

부친은 아들의 미래를
위해 아버지로서의 행복을
완전히 희생한 겁니다.

그럼 아버지는
저를 정말로
사랑하셨던 거군요…

마리우스는 아버지의 유품 중에서 자신에게 쓴 편지를 발견했다.

마리우스는 뒤늦게 아버지에 대한 모든 것을 알아내고자 전념했다.

그가 찾아낸 아버지의 모습은 민주주의와 인권에 대한 신념이 강하고, 워털루 전투에서 군주제에 맞서 용감하게 투쟁한 전사였다.

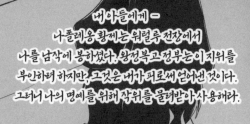

내 아들에게 —
나폴레옹 황제는 워털루 전쟁에서 나를 남작에 봉하셨다. 왕정복고정부는 이 지위를 부인하려 하지만, 그것은 내가 피로써 얻어낸 것이다. 그러니 나의 명예를 위해 작위를 물려받아 사용해라.

만일 네가 테나르디에라는 남자를 만난다면 네가 할 수 있는 모든 도움을 그분께 드려라. 워털루에서 그가 내 생명을 구했으니 은혜를 갚아야 한다.

그가 구한 일자리는 늘 고되고 박봉이었다.

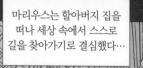

마리우스는 할아버지 집을 떠나 세상 속에서 스스로 길을 찾아가기로 결심했다…

마리우스는 궁핍한 생활을 하면서도 계속해서 테나르디에의 행방을 수소문했다.

할아버지는 이모를 통해 재정적인 도움을 건네려 했으나 마리우스는 거절했다.

그래도 그 사람을 찾아 아버지의 빚을 갚겠다는 결심은 변함없었다.

소문을 따라 몽페르메유에도 가보았지만, 여관은 문을 닫았고 테나르디에 가족이 어디로 갔는지는 아무도 몰랐다.

할아버지는 부르봉 왕조를 지지하시지. 할아버지는 틀렸고 민중의 적일 뿐이야!

아버지는 겸손하고 영웅적인 남자야. 공화국과 조국 프랑스에 영광스럽게 봉사하셨어!

나는 아버지를 존경해. 꼭 그분을 자랑스럽게 해드릴 거야!

벌써
2주나 지났네…

그녀는 어디에 있을까?
영영 못 만나면 어쩌지?!?

Chapter 7: 마리우스 - Part 2

선생님, 와주셔서
감사합니다.

위르쉴!
그럴 리가?

에?!?

딸애를 집에 데려다주고
오늘 저녁 다시 오리다.
방세를 치러야 하는 게
오늘 저녁이라고 하셨소?

당장은 수중에
5프랑밖에
없습니다…

네네, 선생님.
8시까지입니다!

어르신의 친절에
눈물이 다 납니다.

번뜩!

뭐든지 원하는 대로.

그러니까 당신은 그 아름다운 아가씨의 주[소]를 알고 싶은 거로군요?

그 대신 저한테 뭘 주실 건가요?

당신이 내가 원하는 전부예요, 마리우스. 당신을 행복하게 할 수 있다면 뭐든지 할 거예요.

나 그 남자를 알아봤어. 확실해!

정말요? 8년이나 지났는데!

그래도
돈을 받아낼
방법은 있지!

돈이 하나도 없어?

그가 위르쉴을
위협하고 있어!
막아야 해!

딸에게 편지를 써서
이리로 오라고 해.

네가 돈을 가져올 때까지
안전하게 데리고 있을 거야.

이게 뭐지?

아얏!

경찰이
오고 있어요.

으악~!

살금!
살금!

밧줄을
거의 다 풀었어!

하필 자베르가
경찰을 이끌고
나타나다니!

나를 알아보기 전에
도망가야 해!

6주 후…

죽기 전에
다시 한 번만
그녀를 볼 수 있다면!

마침내 찾았네요,
마리우스!

그게 뭐데요?

제가 이걸 말해주면
웃겠다고 약속하세요.

음…

당신이 부탁한
주소를 알아냈어요.

그 아가씨 주소 말이에요.

괜찮아요.
하지만 저한테 약속한 건
기억하죠?

애!
미안해요. 기분 나쁘게
하려던 건 아니에요.

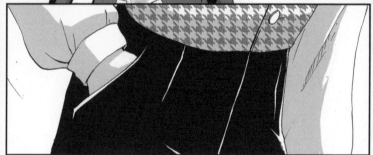

원하는 건 당신
이 아니라 마리우스…
당신이에요!

이게 내가 가진 돈 전부예요!
나를 데려가줘요. 당장!

그 아가씨는
이 문 뒤에 있는 집에 살아요.

따라오세요…

아버지가 오랫동안
산책을 나가지
않으시네.

하아…

뤽상부르 공원이 그리워…
늘 거기에 있던 그 남자도.

틀림없이 복수할
방법이 있을 거야.

에포닌 역시 마리우스가 대신
자기를 봐주리란 기대를 품고
밤마다 그들을 훔쳐보았다.

매일 저녁,
마리우스는
코제트를 보러 갔고
그리고
미칠 듯이 열렬한
사랑에 빠졌다

자, 간다!

시간이 갈수록
질투의 씨앗이
그녀의 가슴에
깊이 뿌리내렸다.

저 아버지란
사람은 아주 비밀스러워
틀림없이 뭔가를 숨기고
있을 거야.

이게 뭐지?

내 정체가 발각된 건가? 빨리 코제트와 도망쳐야겠구나!

당장 떠나시오? 경고인가…?

당장 떠나시오

왜 울고 있어요, 나의 천사?

코제트?

정말로요?
떠난다고요?

아버지가
신변을 정리하라고 하셨어요.
1주일 안에 영국으로
떠난다고 하세요.

쾅!

영국으로 가자고요?
미쳤어요? 난 갚아야 할
빚이 있어요!

영국으로 함께 가요!
우리가 어디로
갈지 말해줄게요.

그럼… 우리 이대로
헤어지는 거예요…?

게다가 여권을 발급할
돈도 없어요…

준비됐어요, 아버지.

1주일 뒤라고 했지만, 오늘 당장 떠나야겠다!

마리우스, 기다릴 시간이 없어요…

부디 이 편지를 발견하기를 기도할게요!

1832년. 프랑스혁명 이후
40년이 지났다.
정부는 불안정하고
민중은 고통받고 있었다.

혁명은 프랑스에
민주주의를 건설했다.
그러나 혁명의 실패는
왕정복고를 낳았다.
지금은 루이 필립 1세가
프랑스를 다스리고 있었다.

혁명기에 루이 필립은
그전 왕들의 재판과 처형을 찬성했다.
이 때문에 열성적인 왕당파들은
그를 정통 왕조의 반역자로 보고
지지하지 않았다. 민주주의를
갈망하는 공화주의자들 역시
그를 지지할 수 없었다.

1832년 6월 파리의 찌는 듯한
거리거리에서 다시 한 번
혁명을 위한 봉기가 일어났다.
화약통에 불이 붙는 데는
작은 불똥 하나면 충분했다.
라마르크 장군의 죽음이 바로
그 불똥이었다.

이러한 문제는 1827년부터
전국에 기근과 가난을 유발한
흉작으로 인해 더욱 악화되었다.
1832년 초에는 파리 전역에
치명적인 콜레라까지 유행했다.

라마르크 장군은 저명한 활동가로서
모든 이의 존경을 한 몸에 받던 인물이었다.
그의 죽음으로 공화주의자들과
군주제 지지자들 사이에 평화로운 화해가
이루어질 희망도 끝이 났다.

비와 햇볕이 오락가락하던 그날에,
수천 명의 파리 군중이
장례식을 위해 쏟아져 나왔다.
마리우스의 친구들이 속한 ABC의 벗들은
이 순간을 혁명의 기회로 삼았다.

프랑스를
위하여!

Chapter 9: 생 드니 거리 - Part 2

앙졸라,
바리케이드는 준비됐고,
무장도 모두 완료했어.

리는 우리 손에 있어,
콩브페르!

정부는 너무 오랫동안
민중의 목소리를 무시했어.
그러니 우리가 강제로라도
듣게 해야지!

오, 어린아이들까지
합류했군!

꼬마야, 이름이 뭐니?
살짝 나가서 누가 오는지
염탐 좀 해줄래?

전 가브로슈예요.
그 일은 저보다 잘할 사람 없을길요!
할게요!

때가 되었다!
신념을 굳게 지켜라!

사격 준비! 발사!

조심해요!

탕!

악!

헤헤…

안 돼!

잡았다!

코랭트

놈들이 와요!

덜커덕

덜커덕

그래! 물론 나도 이곳에 뼈를 묻겠다!

바리케이드를 폭파하면 너도 날아갈 텐데.

…

전군, 퇴각하라!

잘했어!

마리우스!

그렇다고 해도…
그녀는 떠날 거고 할아버지는
결혼 승낙을 해주시지 않았어.
우리 운명은 변함이 없어.

결국 코제트는
내게 편지를 남긴 거군…
어디 있는지도 알렸고!

하지만 앙졸라,
다섯 사람이 나갈 건데,
군복은 네 벌뿐이야.
누가 남는 거야?

쓰러진 군인들이
입고 있던 군복이야.
이걸 입고 대열 속으로 숨어
빠져나가는 거지!

하지만
너는 애가 다섯이잖아!
나 대신 나가!

저 남자는
사랑하는 아내가 있어.
그가 나가야지!

난 늙었으니 젊은
사람이 나가야지!

내가 남겠어! 저 사람은
누이가 셋이잖아.

멈춰라! 너
군대에서 보낸
첩자지!

마리우스! 아무도
떠나려 하지 않으니까
네가 선택해.

내가?

우리 중
누가 남을지 결정해.
그러면 따르겠어.

나는 결코 군인이 아니오.
도우러 온 거요.

가브로슈, 돌아와!

공중에 기쁨이 있네

그건 볼테르 덕분이여

거기 있어, 데리러 갈게!

하지만 아래는 비참함뿐~

루소가 그렇게 말했네.

난 땅으로 떨어졌어.

가브로슈!!

군대가 잠시 철수했어.

다음 공격에
대비해야 해.

죽은 사람은 그냥 둬.
애도할 시간이 없어.

내가 이 남자를
처리하도록
허락해주시오.

실례하오만,
한 가지 부탁해도
되겠소?

뭡니까?

…

옳다고 생각하는 대로 하세요.
어차피 우리 모두 곧 죽을 테니까.

장 발장. 좋다.
서 나한테 복수해라!

마리우스…

아얏!

공화국 만세!

코제트…

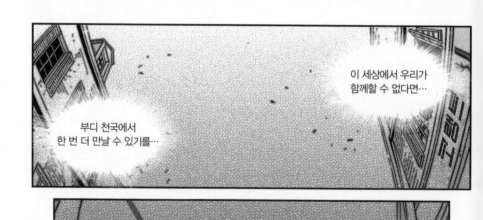

이 세상에서 우리가
함께할 수 없다면…

부디 천국에서
한 번 더 만날 수 있기를…

마리우스가
여전히 숨을 쉬는지도
불분명해…

드디어 출구구나!
마리우스가 위태로우니
더 이상은 안 돼.
무조건 나갈 수밖에!

왜 악당이
선행을 하는 거지?

어떻게 범죄자가
내 생명의 은인이
될 수 있지?

일생 동안 나를 이끈 신념은
범죄자는 절대로
선을 행할 수 없고,
개과천선 따윈 없다는 것!

나는 형무소에서
나고 자랐어.
누구도 나만큼 범죄자를
꿰뚫고 있지 못해.

하지만 장 발장은
내 신념을 거슬렀어.

자기 목숨이 위협받는
상황에서도 남을 도우려고
노력하잖아!

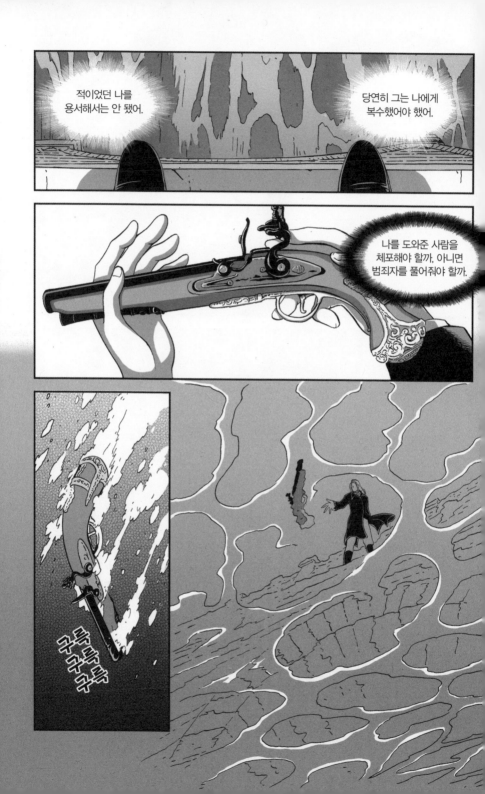

이 끔찍한 모순을
어떻게 견딜 수 있을까?

풍덩

이 자리에 아버지만
함께했다면
온전히 행복할 텐데.

아직도 왜 참석을
거절하셨는지
이해가 안 돼…

아버지?

손은 좀
나아지셨어요?

아버님, 안녕히
주무셨어요?

끼익-

아침 일찍부터
죄송하지만, 코제트는
아버님이 결혼증명서에
서명하시기만 애타게
기다리고 있어요.

솔직히, 내 손은
아무렇지도 않네.

무슨 말씀이세요…?

하지만 내가 서명하면
결혼증명서는 위조서류가 되고
무효가 될 걸세!

나 자신을 위해 그리고 코제트를 위해 거짓 신분으로 살았지.

오늘 코제트가 내 인생에서 나갔으니, 우리 두 사람의 길은 갈라진 걸세.

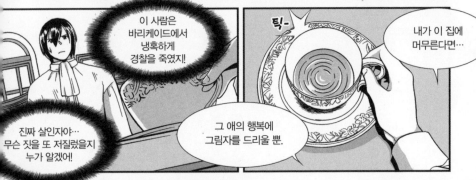

이 사람은 바리케이드에서 냉혹하게 경찰을 죽였지!

진짜 살인자야… 무슨 짓을 또 저질렀을지 누가 알겠어!

틱-

내가 이 집에 머무른다면…

그 애의 행복에 그림자를 드리울 뿐.

그래, 좋네…

솔직히 말씀드려요?

이제 다 알았으니 어떤가. 여전히 내가 머물러도 된다고 생각하나?

그러지 않는 게 최선 같습니다.

끼익

아버지, 많이
편찮으세요?

콜록

콜록

아무것도 아니다.
지나가는
그림자일 뿐…

의사는
만나보셨어요?

아버지…

너에게는 남편이 있잖니.
더 이상 나는 필요 없다.

마리우스에게
멀리 간다고 하셨다면서요.
제발 우리를 떠나지 마세요!

318

쿨럭 쿨럭

1년 후

무슨 일로 오셨나요?

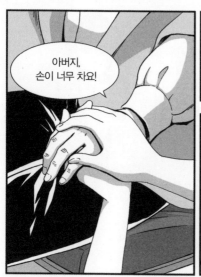

아버지,
손이 너무 차요!

너희와 함께 산다면
정말 근사하겠지…

하지만 지금 네가 여기
있다는 것만으로도 하느님이
인자하시다는 증거란다…

코제트,
몽페르메유 기억나니?

네 가엾고 작은 손은
얼음장 같았어…

처음 숲속에서 너를 봤을 띠
너는 무척 겁을 먹고 있었ㅈ

그는 잠들었네.
비록 그렇게나 많이 부정당했건만.
그는 살았다네.
그리고 소중한 사랑이 떠났을 때 죽었다네.

그 일은 저절로 일어났네, 평온하게.
밤이 지나면 새로운 날이 오듯이.

캐릭터 디자인 스케치

레 미제라블

초판 1쇄 발행 2022년 8월 5일

지은이 빅토르 위고 / **옮긴이** 정미선 / **각색** Crystal S. Chan / **그림** SunNeko Lee

펴낸이 조기흠
기획이사 이홍 / **책임편집** 최진 / **기획편집** 이수동, 이한결
마케팅 정재훈, 박태규, 김선영, 홍태형, 배태욱, 임은희 / **제작** 박성우, 김정우
교정교열 책과이음 / **디자인** 이슬기

펴낸곳 한빛비즈(주) / **주소** 서울시 서대문구 연희로2길 62 4층
전화 02-325-5506 / **팩스** 02-326-1566
등록 2008년 1월 14일 제 25100-2017-000062호

ISBN 979-11-5784-598-9 04800

이 책에 대한 의견이나 오탈자 및 잘못된 내용에 대한 수정 정보는 한빛비즈의 홈페이지나
이메일(hanbitbiz@hanbit.co.kr)로 알려주십시오. 잘못된 책은 구입하신 서점에서 교환해드립니다.
책값은 뒤표지에 표시되어 있습니다.

⌂ hanbitbiz.com �**f** facebook.com/hanbitbiz 🅝 post.naver.com/hanbit_biz
▶ youtube.com/한빛비즈 🅞 instagram.com/hanbitbiz

지금 하지 않으면 할 수 없는 일이 있습니다.
책으로 펴내고 싶은 아이디어나 원고를 메일(hanbitbiz@hanbit.co.kr)로 보내주세요.
한빛비즈는 여러분의 소중한 경험과 지식을 기다리고 있습니다.